U0065730

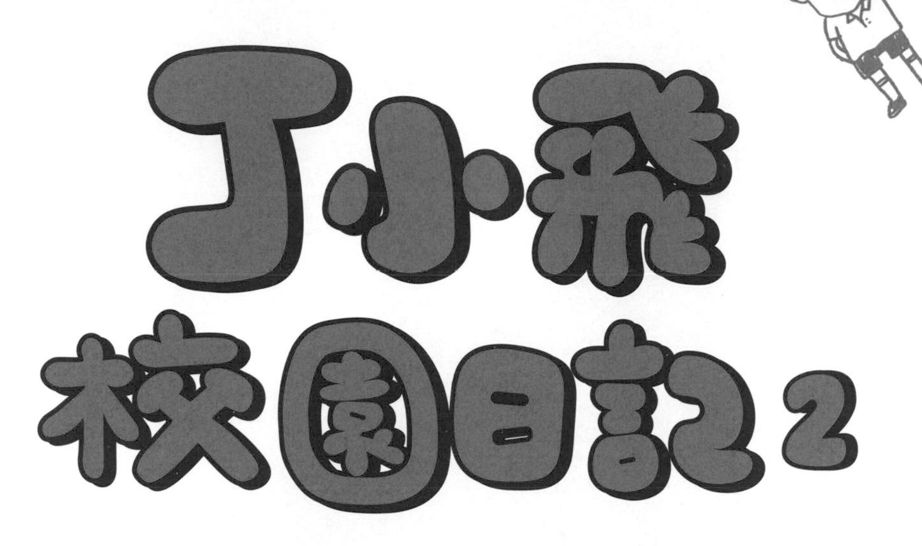

誰是最佳小隊長？

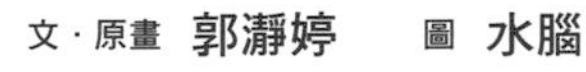
文・原畫 郭瀞婷　圖 水腦

人物介紹

丁小飛

四年級，認定自己未來會是很了不起的偉人，所以開始認真的塗寫日記，將來好拿來拍電影、受訪問。他成績很差、懶惰、不愛念書又常常抄同學的作業，可是有異於常人的想像力和自信心。

阿達

小飛的哥哥，比小飛還要懶惰。喜歡惡作劇。他養了一隻變色龍叫做「小便」，是他最好的朋友，大概也是他唯一的朋友。

小妹

小飛的妹妹，還不大會講話的小朋友。很愛哭。小飛認為小妹的大便臭到可以拿去當炸彈，一定可以把敵人都嚇跑。

爸爸、媽媽

丁爸爸是大學教授，喜歡唱歌和跳舞。丁媽媽是職業婦女，在環保基金會上班，對保護地球有強烈的使命感。兩個人非常支持小飛的偉人夢想，也常常用有創意的方式教導小孩。

爺爺

和小飛奶奶住在鄉下。年輕的時候是爵士樂團裡的鼓手。雖然在樂團裡的角色並不重要，卻因為熱愛音樂而非常滿足。

程友華

小飛班上的班長，坐在小飛的旁邊。功課非常好，很有愛心和理念，也很喜歡看書。小飛希望自己可以成為她心目中的偉人。

何李羅

小飛的同班同學，個性老實，博學多才。常常勸小飛不要抄功課。上課時喜歡一直舉手回答老師的問題。

錢良勇

和小飛參加同一個夏令營而成為隊友。家裡有錢，善良而且勇敢。是天生的領導者，擅於計畫和用人，也很會鼓勵隊友。

方粒粒

小飛的夏令營隊友，臉上有許多一粒一粒的斑點。喜歡運動，體力充沛，無法安靜下來，所以隨時都需要跳來跳去。

眼鏡俠

原名為嚴敬祥，是小飛的夏令營隊友。非常深思熟慮，能言善道，還很會觀察人。夏令營比賽中所有需要與別隊溝通的事都是由他來進行。

毛小瓜

小飛的夏令營隊友。說話聲跟螞蟻一樣非常小聲，別人都聽不到，但是哭聲可以跟小飛的小妹相比。記憶力超強，對整個團隊有非常大的貢獻。

7 月 5 日 星期 五

五十年後的丁小飛：

不是我在說，為了完成這幾本偉大的日記，我真的很辛苦，犧牲了許多寶貴時間。是什麼寶貴的時間呢？你看到這一段一定不敢相信 —— 原本可以一個星期之內把媽最近幫我買的電動玩具完全破關，結果我竟然在寫這本日記。我也不知道為什麼學校突然間要我們在畢業前，準備一樣東西放到時光膠囊裡，五十年後再打開給大家看。好吧！既然我決定要把日記放在時光膠囊裡，讓五十年後成為偉人的你可以拿來上電視受訪問，我只好犧牲打電動的時間。看到這裡，你應該已經感動得流淚了。

不過既然五十年後的你已經是一個偉人，我要提醒你，請你現在趕緊跟世界宣布一件重大的事情！

這是一件很重要的事，因為現在的我，必須每天早上七點就起床。爸媽說為了不讓我們在暑假養成不好的生活

作息，所以還是要跟上學時一樣早起。但這麼早起床要做什麼呢？爸說我和阿達可以從下面兩件事情中選一件，作為我們的「暑假例行責任」。

一個選擇是照顧小妹。

另一個選擇是幫媽媽澆所有的花。

這簡直比考試的選擇題還難選。小妹雖然很麻煩，但只要早上餵她吃東西就好了，因為她通常會睡午覺，也會自己看電視，所以只有早上麻煩一點。但可怕的就是要幫她換那奇臭無比的炸彈尿布！至於澆花，雖然花都很香，但是媽媽要求的澆花方式非常複雜。她甚至把每一盆花要澆多少水，要怎麼擦拭樹葉的方法都寫下來，而且寫得很長很長。有多長呢？就像廁所的捲筒式衛生紙被我一直拉、一直拉都拉不完那麼長。

所以我真的很難做決定。這就好像有人問我，要選擇當全世界的領導人，還是要當最有錢的人？很難吧！這真的很難選，不過我最後宣布了我的選擇，就是**澆花**。我後來想一想，其實可以把這個澆花的例行責任當作我的暑假作業。可以把小草在我照顧之下，一天天長大的照片都貼在作業簿上，作業就解決了，很簡單吧！五十年後的丁小飛，如果你覺得我的暑假作業有些太簡單，那讓我來提醒你阿達去年的暑假作業。看完後你就會覺得，你五十年前寫的暑假作業實在是太棒了。

暑假作業

姓名：丁小達

題目：我到底是不是外星人呢？

外星人不喝水

我喝水

外星人→
頭很大

我的頭
不大

剛剛好！

外星人坐飛碟

我搭捷運

外星人不穿衣服

我穿衣服

結論：我不是外星人。

結果他的作業得了一個大丙。我想，要是他這個暑假作業不小心被外星人看到，外星人一定也會給他一個大丙，搞不好還會引來外星人侵略地球。

但是，好險有我在。好在有我這本偉大的日記，如果外星人看到我這本日記應該會很佩服人類，這樣地球也得以存活下來。

所以，這本日記不但是偉人的紀錄，還可以拯救全世界！為了這個神聖任務，我決定要好好的繼續記錄我的偉大事蹟才行。

從明天開始，我就要幫媽澆花了，這真是一件很辛苦的事。為了明天的辛苦，我打算好好利用今天的時間來補充體力，用一整天的時間來看漫畫書。但媽說如果我要看漫畫書，一定要先看完她新幫我買的那本禮儀漫畫書，叫做《請、謝謝、對不起》。

漫畫書裡舉了很多例子，說明何時應該要說這三句話。媽說從現在開始，我和阿達都要遵照裡面的方式來講話，訓練說話的禮儀。例如，在講每一句話之前，一定要加一個「對不起，請」，最後要加個「謝謝」。

媽說如果我們用這個方式和對方講話，另一個人就必須答應對方的請求。

但後來句子開始有點變化……

最後，媽這個「請、謝謝、對不起」的規定就默默消失了。

7 月 8 日 星期一

五十年後的丁小飛：

早上我還沒有睜開眼，就已經知道阿達正在幫小妹換尿布。我是怎麼知道的呢？拜託，小妹的炸彈尿布是可以讓所有有生命的生物都突然驚醒過來的，就連公雞和鬧鐘都無法這麼有效的讓人馬上醒來。

還沒吃完爸幫我們做的早餐，媽就已經出門上班了。這個暑假，爸下午才需要去大學教課，早上都會在家陪我們。我斜眼看到阿達餵食小妹的方式，真的很懷疑以後小妹會不會做惡夢。

餵完之後，阿達就把小妹放在電視機前，開始播放小妹最愛看的英文字母卡通片。阿達呢？他已經一手拿著他的變色龍小便，腳翹在沙發上，眼睛閉起來說他正在思考暑假作業的題目。爸問他為什麼眼睛要閉起來，是不是根本就在睡覺？他說睡覺的時候比較容易思考。

我吃完爸煮的番茄炒蛋，準備開始澆花。我把媽的照相機拿出來，一盆一盆的照；我的計畫是幫每一盆花照相，然後讓全班同學稱讚我照顧的花，在一個暑假就可以長得這麼快！

我甚至想到了一個可以讓花草長得特別快的超棒方法。媽常說，如果我們多吃一點營養的東西，就會長得很快。聰明的我，於是把每天吃的早餐留一些下來，然後跟水一起加在花盆裡。這樣一來花草們一定會長得特別快，搞不好不需要一個暑假，只要幾個星期，我就可以完成暑假作業，相信全班同學看到我的傑作，一定又更加崇拜我的聰明才智。

我特別挑了一盆媽最愛的盆栽，開始餵它我精心留下的番茄炒蛋。要是媽看到這盆花被我照顧得這麼好，搞不好還會答應買我一直想要的電玩《忍者刺蝟》也說不定，真是一舉兩得！

每天下午爸去大學教課的時候，都會有一個保母來家裡陪我們。說到保母，我原本很希望今年來的保母是去年的那位「好阿姨」。你記得為什麼我們叫她好阿姨嗎？因為我們問她什麼，她都說「好」。

後來的某一次下午，媽提早回家，看到我在打電動，阿達在沙發上睡覺，小便的大便滿地都是，小妹滿嘴都是巧克力……之後，我們就再也沒見過好阿姨了。

這次媽請來的保母，我們都叫她「**筷子阿姨**」。她戴的眼鏡好厚好厚，就像戴著兩根棒棒糖一樣那麼厚，完全看不到她的眼睛。她非常的酷，話也不多，每次我們問她問題，她都只回答一個字：

為什麼叫她筷子阿姨呢？因為她有一項非常厲害的祕密武功！她可以用筷子夾起任何東西。有時候她根本不用掃把掃地，只要用筷子，就可以夾起地上的所有東西。

甚至天上和牆上的東西也可以……

真是太佩服她了！我們有時還會故意把東西掉到地上，讓筷子阿姨用筷子撿起來。後來我還瞄到她幫小妹換尿布的時候，也有一雙筷子在空中揮來揮去的。

想必是用筷子在換尿布吧？

到了晚上吃飯的時候，她卻講出一句讓我和阿達都吃不下飯的話……

筷子阿姨真是太可怕了！

7 月 15 日 星期一

五十年後的丁小飛：

完蛋了。

試了好幾天，我發現精心照顧的盆栽不但沒有長得特別快，反而還有**枯萎**的狀況出現。怎麼辦呢？奇怪，我已經給它這麼多有營養的食物，它卻越來越退步，真是太對不起我了！我現在終於可以體會七龍珠老師常常對我說的那句話：

盆栽不但已經枯萎，還發出陣陣臭味。那個味道比小妹的尿布還可怕！搞不好下次可以讓她的尿布和這盆花一起比賽，看誰比較臭？

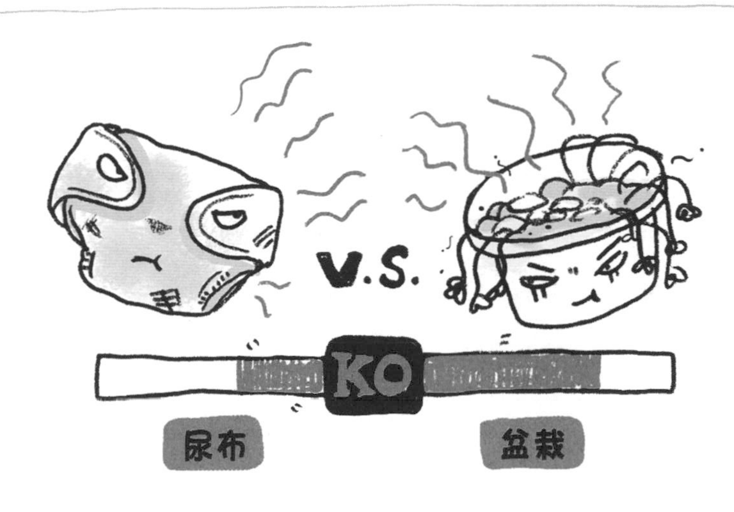

身為未來偉人的我，立刻想出一個很棒的方法來拯救這盆花。我常聽媽說，如果她很累又快撐不下去的時候，只要喝一杯咖啡，精神馬上就恢復了。我想，植物應該也一樣，所以從今天開始，我要把水換成**咖啡**，這樣盆栽一定會馬上醒來，我就可以完成暑假作業了。

下午筷子阿姨來了以後，小妹開始睡午覺，阿達則又在夢裡思考他的暑假作業。但筷子阿姨卻突然走來走去，好像在找什麼東西。她跟我說，她的那雙筷子不見了！我一轉身才發現，自從她的筷子不見後，家裡也變得一團亂，地上都是垃圾和紙屑，連小妹的尿布好像也發出了臭臭的炸彈味。筷子阿姨的筷子不見後，就好像失去了武器，完全無法做事。這就好像爸上次找不到他的眼鏡，或是媽找不到她的電話，阿達又找不到他的變色龍小便，小妹掉了她的兔子玩具布偶，又像是我找不到我這本偉大的日記一樣，世界會大亂的！

我非常了解筷子阿姨的感受。身為未來偉人，又是未來拯救地球的英雄，我趕緊隨手把桌上的兩枝原子筆拿給筷子阿姨。你一定覺得很奇怪，為什麼我不拿筷子給她呢？因為一想到上次她把幫小妹換尿布的筷子拿到餐桌上，我就頭皮發麻。我想，還是給她原子筆好了，而且搞不好還可以把這個拿來當成很好的理由，讓我不用寫暑假作業。如果老師問我為什麼作業裡只有照片卻沒有文字？我就可以說：

筷子阿姨拿起原子筆後，世界又恢復正常。地上沒有紙屑，小妹的尿布也沒有炸彈味，就連晚餐都煮好了。但等到爸媽回來時，他們卻還是一臉驚訝……

原來，地上、牆上還有沙發上都是原子筆的痕跡。

就連小妹的臉上和尿布上，也都是原子筆的痕跡。

壞事通常都會接連發生，並且還會殃及無辜的人。

媽說她一直聞到一個發臭的味道，她往陽臺一看，發現最心愛的盆栽不僅已經枯萎，還發出陣陣惡臭。看到她臉上的表情，就知道《忍者刺蝟》已經離我遠去。

真是的，咖啡一點用處都沒有。但這不能怪我，只能怪做咖啡的人，為什麼不在包裝上說明一下？好歹也標示一下說咖啡不能用在植物上吧！

7 月 19 日 星期 五

五十年後的丁小飛：

自從我闖大禍讓筷子阿姨用原子筆畫了滿屋子後，我的日子就開始難過了。爸媽宣布，要幫我和阿達分別報名暑期課程，不然就是去參加夏令營之類的活動。五十年後的丁小飛，我在這裡要特別強調，闖禍的人不是只有我，阿達也闖了大禍。他做了什麼事呢？他負責照顧小妹的那幾天，做了一件驚天動地的事。

小妹有一個她最愛的玩具布偶，是一隻**小白兔**，小妹說它的英文名叫做 **bee-poo**，中文是「畢普」。

畢普已經很髒很舊了，但小妹到哪裡都一定要帶著，連睡覺也要抱著睡。我是連碰都不敢碰畢普，因為上面都是小妹的口水。有時候我從很遠的地方就可以聞到畢普的味道。

但阿達卻趁小妹睡覺的時候，把畢普拿起來墊在小便的身體下面，讓小便在上面睡覺。小妹一起床就開始找她的畢普，當她發現小便在畢普上面灑尿，她就開始大哭。

小妹的哭聲就跟早上校長在講臺上，用麥克風和全校師生說話的音量是一樣的。這讓我想到，有一次我們全家一起去逛百貨公司，突然小妹不見了，媽著急的跑到服務臺前請人幫忙一起找。服務臺的人都還沒廣播，我們就已經聽到小妹的哭聲了。

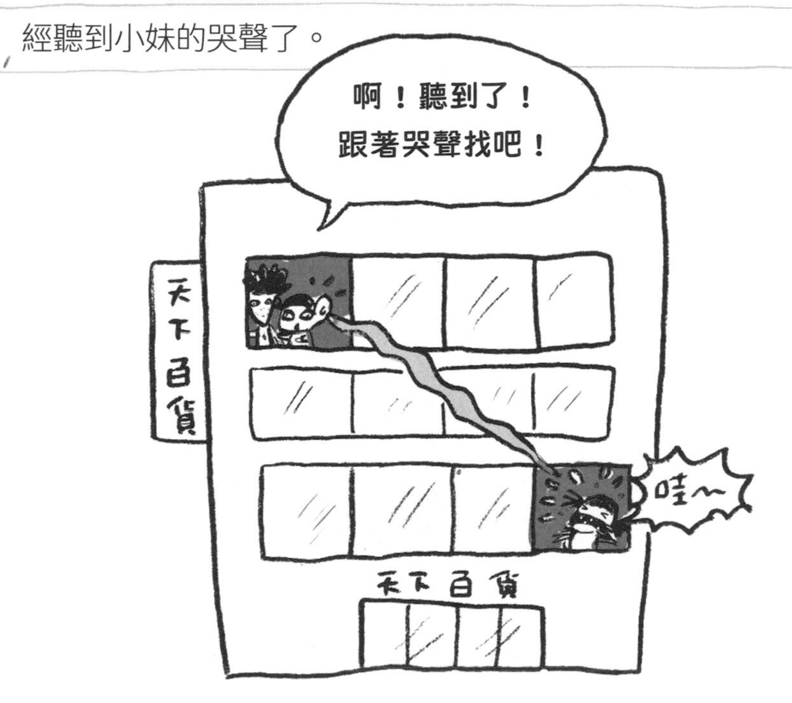

我們一整個下午都得忍受小妹魔音穿腦的哭聲，阿達則趕緊把畢普拿去洗衣機洗，洗完後用吹風機吹乾。筷子阿姨說過如果用洗衣機洗，畢普一定會變形。很不幸的，畢普果然變形了。原本是一隻兔子的畢普，洗完之後卻成了一隻熊，耳朵變得好短好短，連身體裡的棉花都掉了一堆出來，變得好瘦好瘦。

小妹看到畢普變成另外一個樣子，哭得更大聲。阿達只好騙她說畢普不想再當小白兔了。畢普現在想要當一隻熊，就好像一個警衛有一天突然不想當警衛了，於是把制服脫掉，然後換上農夫的衣服，就到鄉下種田去了。

這種解釋連我都不能接受，更何況是小妹！所以五十年後的丁小飛，請你務必提醒小妹，如果她現在還是很愛哭，請建議她在白天哭就好了。不然會像現在這樣，我得躲到衣櫃裡，頭上蓋著三條棉被才能睡覺！

7月22日 星期一

五十年後的丁小飛：

今天是星期日。爸媽中午宣布，接下來的一個星期，我們全家都要到爺爺奶奶家去住。爺爺奶奶家在一個非常鄉下的地方，去年我們去住的時候，早上起來叫我們的不是鬧鐘，也不是爸媽，更不是小妹的哭聲或炸彈尿布，而是一頭**牛**！

其實爺爺奶奶並不是一直都住在鄉下的，爸說爺爺曾經是一個很有名的**爵士樂團鼓手**！我以為打鼓的人，都是那種在很酷的搖滾樂團裡，像明星一樣的妝扮……

結果看到爺爺的照片，卻讓我有點小失望。照片裡只看得到爺爺的半顆頭，其他部分都被別人擋住了。

至於奶奶，爸說她以前曾經得過珠算比賽冠軍。這一點我相信，因為每次跟奶奶到雜貨店買東西，結帳的時候，她的手指都會在底下動來動去，跟收銀員一起算。

有好幾次她還糾正收銀員算錯了。

因此後面排隊的人會等很久，讓我覺得有點丟臉。但我發現，每次奶奶糾正完以後，都會開心的買一盒巧克力給我吃，所以我都會搶著跟奶奶一起去雜貨店，希望能碰到奶奶糾正收銀員，這樣我就又有零食吃了。

除了明天要到爺爺家，媽說從現在開始要我和阿達好好想一下，接下來想參加哪一類的暑期課程或夏令營？說真的，我一直在等**哈利波特的魔法學院**寄邀請函給我。

但是我等了好幾年都沒收到！如果真的可以去魔法學院上課，那就太酷了。這樣一來，我不但是一個**偉人**，還可以成為世界上最厲害的**魔法師**。

最重要的是，還可以把一些常找我麻煩的人，變成永遠都不會再找我麻煩！

所以這幾天我一直祈禱，希望魔法學院的邀請函趕緊寄過來。如果一直不寄來，那我就得想另一個活動才行。去年暑假，媽也曾經問我這個問題，我說我想要去國外當交換學生，跟不同國家的人交流；畢竟未來我是個世界級的偉人，學會多種語言是很重要的。媽也覺得這個想法很好。原本我以為我真的要出國留學，結果媽竟然送我到隔壁的英文補習班學英文，弄得我每天都好多功課……真是太痛苦了。

前年，我和阿達則是一起參加了暑期游泳營。剛開始還挺好玩的，因為只是在水裡練習憋氣，而且還可以在水裡把腳抱起來，浮在水面上。

當教練說要開始練習換氣時，我卻聽到有人說：

從此以後，我就不敢在水裡換氣，因為換氣的時候，很容易不小心喝到水。老師說如果我不練習換氣，就無法到進階班上課。於是我只好把聽到的事情說給他聽。老師說，其實游泳池裡都有放一點消毒水，所以不要怕。然後他又警告大家不准在水裡尿尿。但過了幾天，我又聽到有人這樣說：

後來我決定，每次都一口氣游完，就不用換氣了。但不換氣會游得很喘，那是一個很辛苦的經驗。

所以，今年我是不會再參加游泳營了。

五十年後的丁小飛，不知道你現在的暑假都在做什麼呢？身為世界級偉人的你，應該可以每天玩電動和睡到自然醒吧？真是羨慕啊！

7 月 25 日 星期 四

五十年後的丁小飛：

到了爺爺奶奶家的第二天，我就想到為什麼我會覺得有點無聊了。爺爺奶奶每天晚上八點就睡覺，爸也規定我們要一起關燈睡覺。我跟爺爺是睡同一間，所以只好眼睛一直盯著天花板，看著一堆螞蟻爬來爬去忙著搬食物；我甚至研究到哪一隻螞蟻特別懶惰，因為牠一直在同一個地方走來走去，根本就是在混。

在爺爺奶奶家有另一件事讓我很不自在，但我從來沒有跟大家講過。要是被阿達知道了，他一定會跟全校的同學一起笑我。爺爺家廁所的浴缸外面掛著浴簾，浴簾上面的圖案，是好多好多隻卡通魚。但是其中有一隻魚長得很可怕。去年我來的時候，曾經做了一個惡夢，夢到這隻魚把我吃掉了，我還嚇得跳起來！

之後每當我要洗澡，都故意跟爸說想要一起洗，要不然就是閉著眼睛，很快的洗完。結果有好幾次我的頭上還有洗髮精的泡沫，媽就叫我重洗一遍。

除了這些事情以外，到爺爺奶奶家還是有很多好處，像是每天早上，爺爺奶奶都會準備好多豐盛的食物讓我們選擇。

爺爺很喜歡拿他以前在爵士樂團的照片和唱片出來讓我們欣賞。他說自從愛上打鼓以後，人生就有了目標，想要成為世界上最好的爵士鼓手。我每次都覺得很奇怪，既然是要成為全世界最厲害的鼓手，那也應該是主角才對。但在所有的照片和唱片中，我卻只注意到唱歌的人，從來沒有注意到爺爺打鼓的聲音。

我又翻了一下其他的照片，**不是我在說**，爺爺真可憐。每一張團體照，都只看到爺爺的半顆頭，如果是這樣，當世界上最厲害的鼓手有什麼用呢？真是太划不來了！我和阿達就不同了，我們每次照相一定要搶在鏡頭前，人家才會知道我們有多重要。我相信五十年後的你，應該已經是所有報章雜誌的封面主角，這樣才能算是一個舉足輕重的偉人！

後來爺爺跟我說，有時候雖然你不是一般人眼中的主角，但並不表示你做的事情就不重要。就像一個樂團裡，如果沒有鼓手，整首歌聽起來就完全不對。他接著說，在一個團體裡如果少了你的付出，事情就無法達成的話，就表示你是一個很重要的人，也就是一名偉人了。

　　五十年後的丁小飛，既然你現在這麼有名，別忘了如果有慶祝場合的時候也邀請爺爺好好表演一下，因為他實在是太可憐了，老是做**配角**。

7月27日 星期六

五十年後的丁小飛：

昨天過了一個好驚險的夜晚！

昨天下午天氣非常好，爸幫每個人都租了一臺腳踏車，準備一起到草莓園去採草莓。也不知道為什麼，爸幫大家租的腳踏車都很正常，只有我的特別奇怪。我的是那種前面有個籃子，感覺上好像女生才會騎的買菜腳踏車。我實在很不願意騎它，但另一個選擇就是得坐在爺爺的後面，所以算了，只希望不要有認識的人看到我就好了。

大家一起從爺爺家出發以後，我和媽媽、奶奶的車就明顯慢了很多。第一是因為我的腳踏車輪比較大，騎起來比較慢，再來是媽常常停下來幫小妹照相，奶奶也會一起下車採些花來放在我的車籃子裡。到了後來，爺爺、爸爸和阿達的路線就變成這樣，邊騎邊等我們追上來：

我是不介意慢慢騎著等媽和奶奶照相和採花，但奶奶每次都會把花放到我的籃子裡，媽還會隨手照張相，這就有點不妙了。最好這些照片以後都不要被登在雜誌上，不然真是太丟臉了！

我們騎到一半，卻發生了一件大事。天空突然有一大片烏雲遮住半邊天，頭頂開始變得烏漆抹黑，緊接著就嘩啦嘩啦的下起好大的雨！

媽趕緊騎上腳踏車，揮手指著前面的小山洞，要我們跟著她到裡面躲雨。我和奶奶一起加快腳步騎到山洞時，

全身都已經溼答答的了。奶奶叫我們大家都靠在一起才比較不會冷，而媽也趕緊拿出手機打給爸，但很不巧，手機竟然沒電了。媽看了一下我們，笑著說沒關係，這種雨應該馬上就會停了。

但是過了好久，雨不但沒有停，而且還越下越大。

我在山洞裡晃了一下，看到到處都是爬來爬去的小蟲。小妹看到小蟲就開始大哭，我也一直問媽到底什麼時候可以離開？媽說爸一定會回頭找我們，所以我們要有耐心，**「不要老是在等待的時候一直問什麼時候可以不用再等待，應該是要開始訓練自己，在等待的過程中準備些什麼才對！」**

我已經聽過媽講這句話好幾千遍了，接下來不出所料，媽又用「**諾亞方舟**」的故事來跟我們說明**等待**的意義。

五十年後的丁小飛，現在你這麼有錢又這麼有名，應該做任何事都不需要排隊吧！但是五十年前的我是常常需要排隊的。像是每次買最新的電玩，都要排隊等上一個多小時。不是只有買東西，就連去遊樂園，我們也要排隊等上好幾個小時。當我們露出不耐煩的表情時，媽一定會舉「諾亞方舟」的故事當例子跟我們說：

媽常用這個故事告訴我們，等待的時候應該是要準備到達目的地後要做的事情，而不是一直抱怨和發呆。

如果你不記得「諾亞方舟」的故事，就讓我來告訴你吧！在聖經裡，神要一個名叫諾亞的人，建造一艘很大很大的船，並要求諾亞把好幾百隻動物都送到船裡面，然後帶著家人開走。船開了以後，外面開始發生很大的暴風雨和洪災，把所有的人和房子都吹走，只剩下諾亞的家人和那些動物。

他們待在船裡整整一年多，直到諾亞聽到神告訴他可以下船，才帶著動物一起走出來。在這一年多的日子裡，諾亞並沒有一天到晚抱怨跟這些吵鬧的動物關在同一艘船上，而是學習**忍耐**。除了忍耐，他還得學會管理這些動物。這是一種訓練，因為重回陸地後，諾亞就要開始管理這塊新的土地。

每次聽完這個故事，我就覺得恐龍當年一定是忘了要上船避難才會絕種。

我真的很希望能認識像諾亞這麼一個好朋友，因為他可以幫我很多事情。譬如排隊買票，或是在遊樂園排隊玩遊戲，他都可以幫上忙。

但我不認識諾亞，所以現在只能在山洞裡發抖和發呆。後來媽說要我準備爸來接我們以後要做的事，我就開始幫奶奶一起換小妹的炸彈尿布，然後聰明的我把媽帶來野餐用的大餐巾掛在山洞外的樹枝上，這樣一來，爸經過的話就會知道我們在這裡了。

過了大約一個多小時，我們聽到山洞外面有喇叭聲。我趕緊跑到外面，果然是爸開著車來找我們了！我們趕緊上車，一路上看著車窗外劈里啪啦的下著雨，大家都安靜了下來，也有點沮喪。原本想採完草莓後還可以一起野餐，現在只有大家肚子餓得咕嚕咕嚕叫的聲音。我想媽大概看到了大家失望的表情，所以回到爺爺奶奶家後，就在客廳地板舉行室內野餐。

7月28日 星期日

五十年後的丁小飛：

這幾天在爺爺奶奶家，爸媽叫我和阿達要認真考慮想參加哪個夏令營。這實在是很不公平，為什麼小妹就不用參加任何暑期活動呢？我也很嚮往小妹的生活，每天只要睡覺和吃東西，平時也不需要去上課；只要一哭，大家都會幫她把東西都弄好，真是超令人羡慕。如果世界上有這種暑期夏令營，我一定要每年都參加。所以偉大的丁小飛，你現在也趕緊辦一個這樣的夏令營吧！保證你一定會賺大錢。

很不幸的，五十年前並沒有偉人辦這樣的夏令營，但我很慶幸，最起碼媽沒有要把我送到我們副班長去年參加的那種魔鬼訓練營。

晚上吃完晚餐後，爸媽就把我和阿達找去，把一疊夏令營的簡章拿給我們看。我一看到那些簡章，差點沒從椅子上摔下來。

後來，我看到一個讓我比較好奇的。

阿達突然湊過來，瞄了一下，馬上說他知道這個夏令營。去年他們班上的同學也有人參加過同一個夏令營，而且據說他從一個功課又差又不

愛講話的人，經過一個暑假後竟成為非常厲害又有人緣的**模範生**。阿達說一定是因為他參加了這個「**世界未來領袖夏令營**」。

我聽了很興奮，馬上問阿達有沒有聽說這個夏令營要寫很多功課，或是需要很辛苦的早起摺棉被、做體操，或者有很花體力的訓練？阿達說，完全沒有。聽說只有一直**玩遊戲**和**做團體活動**而已。

這聽起來簡直就是為我設計的夏令營啊！不但只要玩遊戲，而且參加完後還可以變成一個有人緣的模範生！但說真的，類似的事件我已經被阿達騙過好幾次。幾年前我們一起到遊樂園排隊玩海盜船，我本來不敢坐，阿達就騙我說，如果坐完這個海盜船，遊樂園就會發一個勇敢勳章外加一頂海盜帽。我聽了就閉著眼睛坐上去，結果下來時，一直吐個不停。後來不但沒有收到勳章和海盜帽，遊樂園的人還把我在海盜船上驚嚇的樣子拍下來送給我。現在那張照片還掛在家裡廚房的冰箱上……真是太慘了。

為了不再發生類似的慘事，我決定打電話去問一個人，那就是**何李羅**。何李羅是我們班上的**萬事通**，什麼奇奇怪怪的事都知道，所以問他一定沒有錯。我走到電話前，差點忘了爺爺家的電話是上一個世紀的古董電話。怎麼說呢？就是要用手指一個號碼、一個號碼轉的那種電話。

上次爸買了一臺電子電話給爺爺，但爺爺說他已經很習慣用這種電話了，而且他已經很熟悉哪個數字在哪個洞；電子電話對他來說，反而很麻煩，因為他不熟悉數字的位置。但爸說如果他可以記住數字的位置，就可以帶著無線電話到花園裡種花。不過爺爺說他現在一樣可以，爸就放棄了。

電話撥通後，我趕緊問何李羅有關夏令營的事。想不到何李羅的回答竟然跟阿達說的差不多！更棒的是，他也打算參加這個夏令營呢！他說這個夏令營的內容是經由玩遊戲的方式，讓大家體會團體活動和作為領袖所應該具備的能力。其他的，他也不是很清楚。我一聽到有很多遊戲可以玩，心已經開心得要飛出去了。

現在想想哈利波特的魔法學院也沒什麼，而且每天背咒語也挺辛苦的。這個「世界未來領袖夏令營」卻可以每天玩遊戲，還可以變成未來的領導人，原來當未來的偉人和領袖可以這麼輕鬆，真是太棒了！

8月2日 星期五

五十年後的丁小飛：

我昨天晚上一直睡不著，因為擔心有東西忘了放到行李袋裡，所以半夜起來了好幾次。

到了早上六點好不容易睡著，卻又被爸叫起來。我的眼睛根本就睜不開，只好迷迷糊糊的換上衣服，拿起行李跳上爸的車，「咻」的一聲就出發了。

到了目的地，我才勉強可以把眼睛完全睜開。提著行李，跟著爸走到報到桌前排隊，發現已經有好多家長帶著小朋友來到這裡。報到完以後，有一個小組長哥哥來到我面前，準備帶我去這一個星期要住的地方。我跟爸揮揮手道別後，就踏上了「**偉人領袖之旅**」。我邊走邊想，既然這是未來領袖的夏令營，那住的地方應該很豪華吧！應該每個人都配有一位管家幫忙打掃和摺棉被，還有下午茶可以邊喝邊討論世上偉人都在討論的要事。

　　走到一棟小木屋前，卻發現跟我想像的完全不一樣，因為小木屋看起來一點都不豪華，而且還長得很像童話故事裡小紅帽會住的地方。

我走進木屋，看到裡面是上下鋪，大約有六張床，而且大家都已經在整理衣服。我的耳邊突然有人很大聲的說：

原來是班上的何李羅。我還挺高興跟他同一隊的，畢竟他是我在班上的「**功課作業顧問**」，如果有比較困難的事情，他還可以幫我解決。有這樣的一個助理是未來偉人必要的幫手。接著小組長請大家一起到前面，要我們一一自我介紹。第一位搶著舉手自我介紹的當然是何李羅，而

第二位男生跟何李羅一樣，也戴著很厚的眼鏡，好像叫做嚴敬祥，不過我後來都叫他眼鏡俠。

他雖然跟何李羅一樣也愛發言，但不一樣的是，他每次發言都不是搶第一個。他一定會等到大家發言結束了，才再補上幾句。

再來是睡在我上鋪的男生，叫做方粒粒。他臉上長了好多一粒一粒的雀斑，而且講話的時候，永遠停不住似的跳來跳去，看得我好累。

下一位出來自我介紹的時候，我幾乎聽不到他在說什麼。他又小又矮，臉老是往下看。

我真的完全聽不到他的聲音。後來小組長提醒他，現在不是在跟螞蟻自我介紹，而是在跟我們說話，他才又吸了一口很長的氣說：

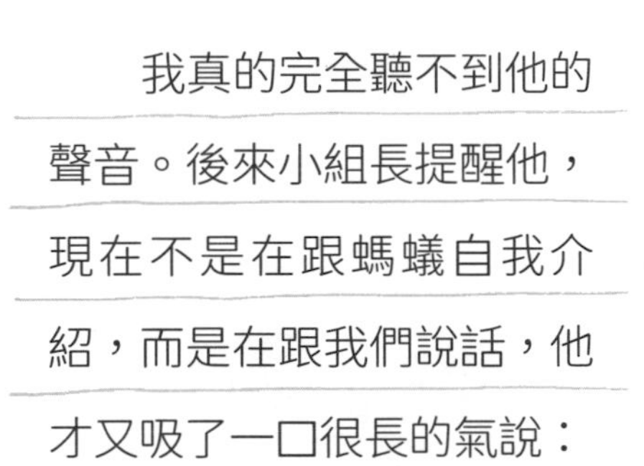

毛小瓜講完之後，有一個人從地板上慢慢的站起來，跳到椅子上，用很優雅的聲音跟大家說：

大家都睜大眼睛看著他，連坐在我旁邊的何李羅都小聲的跟我說他好像很厲害的樣子！為了不甘示弱，我也趕緊用最敏捷的動作跳到椅子上，但我才一站上去，全部的人突然都開始大笑。我低頭一看，原來我的褲子**穿反了**！

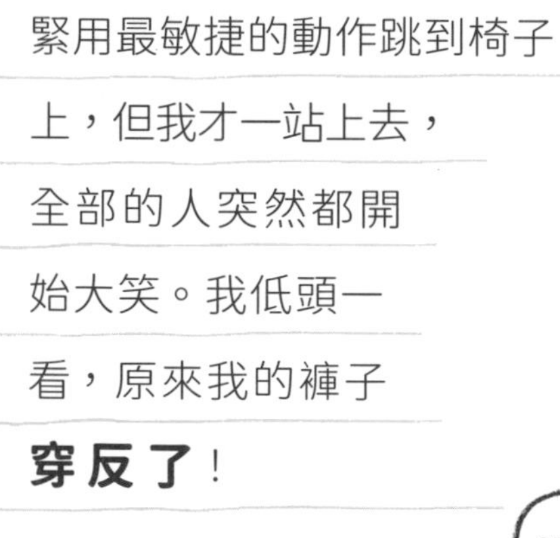

一定是因為早上起來太匆忙，連鏡子都沒照就跳到爸的車上。我抓抓頭，趕緊開始介紹自己：

之後小組長開始講解接下來幾天的行程，以及我們需要準備的事項。因為我們六個人是同一隊，所以小組長要我們每天輪流當隊長。原本我已經看到錢良勇要舉手先當隊長，小組長卻突然拿出一堆吸管。他說大家每天要輪流抽吸管，誰抽到最短的那一根，誰就要當第二天的隊長。小組長還要我們千萬不可以丟掉吸管，因為還有別的事情會需要用到這些吸管。我們每個人從小組長手中抽了一根，結果你猜誰拿到最短的吸管？

是的，就是五十年前的你。

看來，邁向未來偉人的第一步就要在明天開始進行了！五十年前的小學實在很奇怪，班長的功課一定要很好，所以像我們這種功課不好卻超有潛力的偉人，是沒有機會發光的。現在竟然只要**一根吸管**就可以當上隊長，這真是明智的選擇方法！

8 月 5 日 星期一

五十年後的丁小飛：

早上我又起不來了！這真的不能怪我，睡在上鋪的方粒粒昨晚一直翻來翻去，所以晚上一直發出奇怪的聲音。

今天我是隊長，我的責任是要把所有隊員都集合到小木屋外面的桌子旁一起吃早餐。我們一到外面，就看到早餐都已經在桌上，而且周圍的小木屋也陸續有人走到桌前吃早餐。吃完後，小組長發給每個人一顆蛋和一些彩色筆。小組長說，從現在開始，我們要把這顆蛋當作是我們的小孩，並且要隨身帶著這一顆生雞蛋。如果破了，結業的那一天就會被扣分。何李羅馬上舉手問，如果我們需要跑步或是在戶外玩遊戲，那怎麼辦？小組長微笑的說，這是一個很好的問題。我們可以請小組長或隊友幫忙看管，可是如果蛋破了，其他人是不用幫你負責的。他拿出一堆彩色筆，要我們在蛋殼上畫畫，也就是像在幫我們的小孩打扮一樣。我把我的蛋畫成這樣：

我一看到其他人的蛋，就知道我的蛋應該會得到最高分。我也不知道為什麼毛小瓜要把他整顆蛋畫成紅色的，所以他一放下他的蛋，滿手都是紅色的。

大家都畫好以後，我們就出發跟其他小朋友一起到大草地上集合。臺上的老師長得好像金魚，因為他的嘴巴好像魚在水裡呼吸的樣子。

金魚老師說，我們現在要來做小組比賽，比賽的主題就叫做「信任」。身為未來的領袖，有一件事很重要，就是要學會信任身邊的人，因為一個人是絕對不可能做完所有事情的。遊戲規則是兩人一組從 A 點走到 B 點，看哪一組可以在時間內走完全部的路程。但兩人之中，其中一個人的眼睛必須被蒙起來，由另外一個人來指揮前進；而且兩個人不能觸碰到對方，只能用說的方式來進行。

哨子一吹，方粒粒和眼鏡俠就先上場。方粒粒戴上眼罩，眼鏡俠就開始指揮。**不是我在說**，眼鏡俠雖然很認真在講解前面的路況，但方粒粒自己一直往前衝，一路上不停撞上障礙物，跌倒好幾次。

後來方粒粒忍不住，只好趴在地上用手摸，想要自己爬到終點。突然他大叫「我到終點了！」結果他把眼罩拿下來，發現碰到的是一棵大樹。而且更慘的是，時間已經到了，但他們還沒有抵達目的地。

下一組是錢良勇和毛小瓜。為了趕上其他隊，原本錢良勇要蒙上眼睛，但他突然看著毛小瓜，想到他的聲音非常小，所以臨時決定換成毛小瓜蒙上眼睛。接著，奇蹟發生了。毛小瓜一上陣，他幾乎不需要錢良勇的指揮，就能快速躲避路上所有障礙，還很順利的低下頭，避免碰到頭上的樹枝。大家原本以為他在偷看，可是明明小組長就幫他把眼罩綁得好好的，應該不可能偷看的到啊！

毛小瓜拿下眼罩後，我們都很好奇的問他是怎麼辦到的，他非常小聲的說：「沒有啊！我的記性就很好啊！剛剛看他們走過一遍就記起來了。」

沒想到說話像螞蟻一樣小聲的人，記憶力會這麼好。

這時我真心希望，他可以轉到我們學校跟我同班，我們一定會是很好的朋友。

接下來是我和何李羅。何李羅說他不想拿掉他的眼鏡，所以就由我戴上眼罩。哨子一吹，何李羅就在我耳邊說：「先往左，然後前面要踏上小木板。」我一踏上木板就摔了下來。何李羅就跟我解釋，木板中間底下有一顆大石頭，所以要很慢很慢的走過去。過了木板以後，何李羅又說前面會有一個很大的洞，要我彎下腰爬過去。何李羅講得越仔細，我就走得越快。雖然還是會跌倒摔跤，但我們慢慢知道只要仔細、清楚的描述，就能順利走完。剛開始我真的無法放心完全聽他的話，會很想自己用手摸，但我發現越用手摸，越會跌倒，所以只好一直聽他的指揮。

我抵達終點後，拿下眼罩，發現我和何李羅竟然反敗為勝，成為第一名呢！我們高興的舉手歡呼，小組長叫大家回到小木屋，要來討論和分享這個過程。我們發現其實指揮的人形容得越仔細，另外一個人就越能安心相信他。所以小組長說，如果要得到別人完全的信任，我們必須要對事情有深入的了解和清楚的表達細節，別人才能更放心的相信我們。而如果我們不了解狀況，也要信任別人的指揮，不要一半相信，一半又想自己插手。五十年後的丁小飛，你可千萬不要忘了在統治世界的時候要完全信任其他人啊！

當大家站起來準備要吃晚飯的時候，發現毛小瓜的褲子口袋外面有很奇怪的痕跡……啊，原來他剛剛忘了把雞蛋交給小組長保管，所以口袋裡的雞蛋破了！他開始大哭。我發現平常講話超級小聲的毛小瓜，哭起來好像可以跟小妹比賽了。

晚上我們終於知道為什麼小組長要我們留著吸管。到了睡覺的時間，小組長宣布，如果大家覺得今天的隊長表現得好，可以把手上的吸管送給隊長。到了最後一天，誰拿到的吸管最多，就是最佳小隊長。

接著他又說，我們也可以把吸管留給自己。大家一聽到可以留著，動作好像都停了下來，這時何李羅卻還是把他的吸管拿給我，讓我感動了一下。五十年後的丁小飛，你可千萬要想辦法幫何李羅找工作，或是讓他上一下電視也好，就算是報答他吧！

不止是何李羅，毛小瓜也把他的吸管給了我。五十年後的丁小飛你也不要忘了幫一下毛小瓜。

8 月 6 日 星期 二

五十年後的丁小飛：

一大早到了集合的草地，金魚老師就宣布，每隊在夏令營的最後一天都要表演一齣話劇，而話劇的內容是要演出一名偉人的故事。每隊都會分配到偉人的某一項特質，而我們要根據這項特質想出一位偉人，把他的故事演出來。講完後，小組長把我們帶回小木屋，教我們如何找出我們這組被分配到的特質。大家都很好奇的看著對方，小組長又繼續說，我們要用**尋寶**的方式找出來！

他從口袋拿出一個信封交給今天的隊長錢良勇，錢良勇一打開信封，裡面是一張張圖片。我們把這些圖片攤在桌上，發現好像是一個拼圖。小組長說如果要找到答案，就必須根據手邊的提示來尋找下一個提示，直到找到最後的答案。

這時大家都一起伸手想要拼圖，但每個人都手忙腳亂，所以我叫大家先把拼圖的四個角找好。為什麼我會知道呢？因為我以前常常陪

小妹玩拼圖。找好後，再叫大家一起把顏色相同的拼圖歸在一起，然後才開始拼。拼出來是一張照片，照片裡是一張床，也就是說下一個提示應該是在某一張床上吧！但小木屋裡每張床都長得一模一樣啊！我又翻了一下照片，發現後面好像有一些字，但字好小好小，幾乎看不到，我們找了一個放大鏡一起看。上面寫著：

我們大家同時看向毛小瓜。小組長曾經說他講話好小聲，好像跟螞蟻說話，指的應該是他。我們一起衝到毛小瓜的床上，果然上面有一張紙呢！紙上是一個迷宮，最右邊還寫著：「**請順著語意連出迷宮的答案。**」

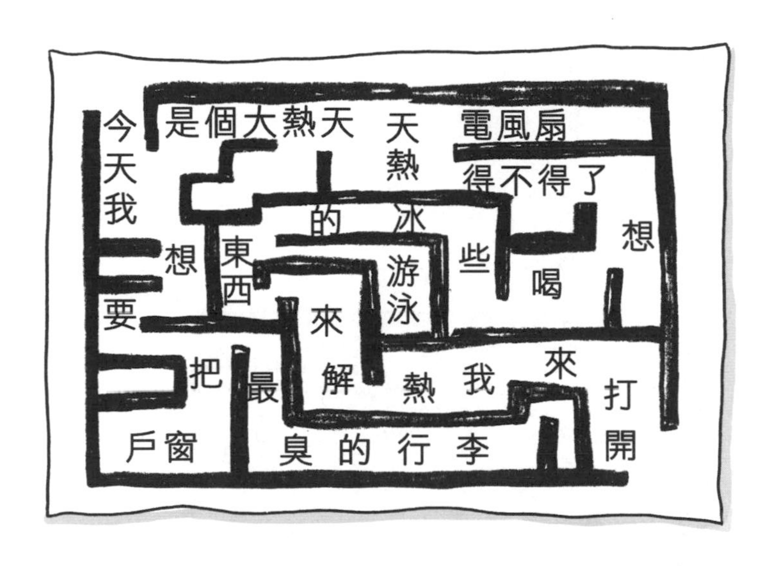

何李羅馬上舉手說，他來負責解這一題，因為他很會走迷宮。他在走迷宮的時候，旁邊的眼鏡俠一直給他意見，說應該走這裡或那裡。我們看到何李羅的兩個眉毛開始有點緊縮，而且額頭還冒著汗。身為未來偉人的我就提醒眼鏡俠說，我們昨天才玩了信任遊戲，既然何李羅負責走迷宮，就讓他專心解謎吧！我們其他人走到旁邊，這時我看到方粒粒一直走來走去，很著急的樣子，完全停不下來，然後又在附近的床下和桌下找來找去的。我猜他是想看看可不可以先找到什麼新的提示。忽然，何李羅宣布，他解出謎底了！

我們一起唸出他連好的線：

我們一起大叫：「冰箱！」然後又一起跑到冰箱前，打開冰箱的門，裡面果然藏有另一張小紙條，但上面竟然只寫著：

啊，我知道了，我伸手打開上面的冷凍庫，看到裡面也有一張紙，紙上寫的是：

「**下一個提示在彩虹裡面。**」

彩虹？大家都愣了一下，一起回頭看向窗外。如果真的有彩虹，我們可能還得跑到彩虹旁邊去找一下。但今天的天空完全沒彩虹，只有一個很大很大的太陽，還有幾片雲飄來飄去而已。

我們一起坐下來討論，紙上指的彩虹到底在哪裡？錢良勇跑到我們中間，要我們想想看，彩虹會有什麼特徵？方粒粒說，彩虹在天空上，彩虹在室外，所以可能要到外面去找一找。話還沒說完，他就已經跑到外面去了。

後來何李羅又站出來說，彩虹有很多顏色。大家點點頭，我也往四周看了一下，發現桌上有昨天我們拿來彩繪蛋的彩色筆盒。我很興奮的跑到桌前，拿起彩色筆盒，打開來後，果然有一張紙條在裡面。五十年後的丁小飛，身為未來偉人的我，果然是比別人聰明的。當我還在得意的時候，眼鏡俠大聲唸出上面的提示：

「**我溫暖了你，卻換來很臭的味道！**」

剛開始大家以為是垃圾桶，所以把所有的垃圾桶都拿了出來，把垃圾全倒在地上一個一個的找，卻沒有找到任何提示。不但沒找到，還弄得我們都臭臭的，真是狼狽。於是我們開始想，除了垃圾，還有哪裡是臭的呢？毛小瓜這時舉手，錢良勇就叫他直接講出來。他說，當然是馬桶啊！我們互看對方，**不是我在說**，我一點都不想在這個時候去搶第一。

但方粒粒好像一點都不介意。他衝到廁所，開始把馬桶上的蓋子打開，頭伸到馬桶裡面找，又趴到廁所地上，但還是沒找到任何東西。我們再次回到客廳繼續討論。錢良勇要大家一起想，除了這些，還有哪些東西會臭？還有，他提醒我們別忘了前面的一句話「我溫暖了你」這時何李羅說，既然是溫暖，那麼應該是像衣服或鞋子之類的東西。他說完後眼睛一亮，我們一起大叫：「臭襪子！」我們走到放髒衣服的籃子旁，這比垃圾臭太多了！大家都用一隻手捏住鼻子，另一隻手只伸出兩根手指頭，在襪子堆裡翻找。

果然，在一隻最臭的襪子裡，找到了一張皺皺的紙。我很懷疑小組長在藏的時候，是一隻一隻聞，找到最臭的那一隻才放進提示的嗎？因為它真的非常臭！

我們翻開紙條，又是一張照片，但是上面只有「**5**」這個數字。

真奇怪，難道我們要找出所有有「**5**」這個數字的東西嗎？眼鏡俠再仔細看了看照片，他說看起來好像是某個東西的一部分。我們也看看四周，希望可以找到跟這個數字很像的東西。忽然，眼鏡俠注意到掛在牆上的時鐘，於是把照片拿來比對了一下。

嗯，沒錯，應該就是了。方粒粒爬到椅子上，把鐘拿下來，後面果然貼了一張紙：

「請寫出以下四樣物品的英文單字的第一個字母，並拼出一個新的單字。」

雖然前年暑假我曾經去上過英文課，但已經過了這麼久，所有的英文早就已經還給老師了。好在其他人都會一點英文，我只要在旁邊假裝有一起想就好了。我看大家寫到最後只剩下那隻兔子，就知道我表現的機會來了，因為我知道兔子的英文怎麼說。我很大聲的指著兔子說，這叫做「bee-poo」，所以是「b」開頭的！結果大家一直笑。

他們說兔子的英文叫做「rabbit」，

所以是「r」開頭才對。我抓了抓

頭，這真的都要怪小妹，她幹麼沒

事叫一隻兔子 bee-poo 呢？

原來四個英文字母拼起來是「door」，「門」的意思。

錢良勇把大門打開，門上面的確黏了一張紙，上面寫著：

「好渴啊！希望可以喝一杯可樂。」

我們發現桌子上有一杯倒滿可樂的杯子，裡面還有冰塊。我們拿起杯子，仔細的檢查杯子外面和杯底，卻什麼都沒有發現。毛小瓜二話不說，拿起可樂，一口就喝光

了。他喝完後，我們看到杯子裡的冰塊好像塞了一個東西。大家都好興奮。方粒粒把冰塊很用力的丟到地上，冰塊碎了之後拿起裡面的紙條，上面寫著要我們把剛剛找到的所有提示拼起來，拿到鏡子前面看。我們照著指示把所有的提示紙都放在桌子上，又開始一陣拼湊。把紙黏起來以後，翻到背面，看到上面是這樣：

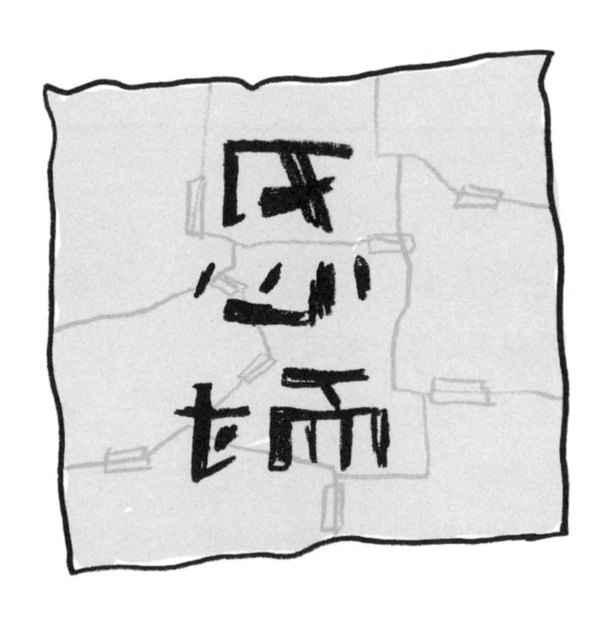

錢良勇趕緊把紙拿到廁所的鏡子前，答案終於出現了！

是「**忍耐**」。

我們要選一個有「忍耐」特質的偉人。這時候，小組長回到我們的小木屋跟我們說，我們不需要現在就想出來，可以趁每天睡覺之前，大家一起討論就好了，我們這才鬆了一口氣。**不是我在說**，雖然用找寶藏的方式尋找提示是挺好玩的，但我一直看到方粒粒動來動去、跳來跳去，看得我也很累。我覺得他可能比較適合做一隻袋鼠，他其實應該去參加袋鼠夏令營，比來我們這個未來領袖夏令營會更適合些。

這時，小組長要我們把剛剛弄亂的紙屑和臭襪子全部放回原處，但我們回頭一看，已經有人都放好了。就連原本哪一隻臭襪子在哪一隻上面都疊得跟之前一樣！難道我們真的請了管家嗎？原來不是。是毛小瓜，他一個人已經靜靜的憑著他的記憶，把所有東西都收拾好放回原處，真是感人。五十年後的丁小飛，看來我已經幫你找到你現在的管家人選了。

喔，還有，今天大部分的人都把吸管送給了今天當隊長的錢良勇。看來我要成為最佳小隊長是快沒希望了。有多沒希望呢？跟媽那盆枯萎的盆栽一樣沒希望。

8 月 7 日 星期 三

五十年後的丁小飛：

不是我在說，方粒粒每天睡覺都翻來翻去，真是讓我很難睡啊！昨天半夜我實在受不了了，爬到他的床上想把他搖醒，想不到他一直說夢話：

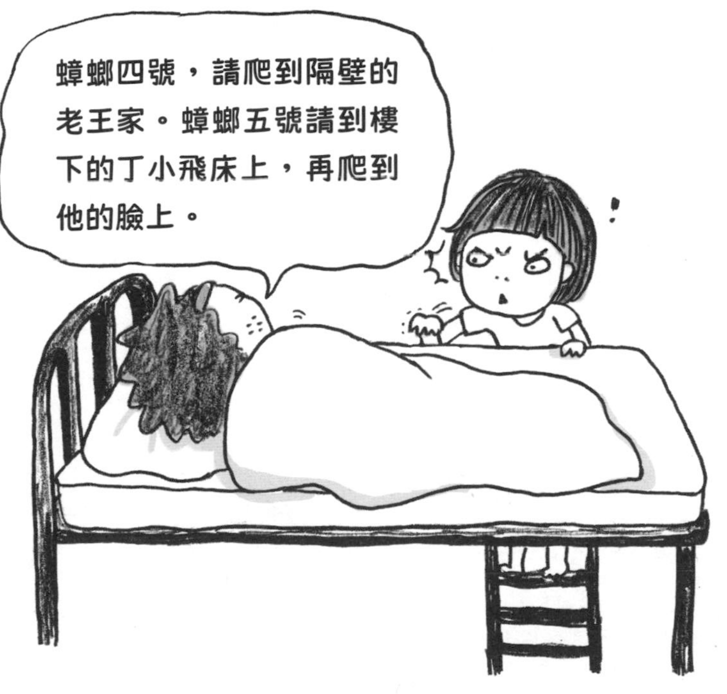

我想算了，以後還是忍一下好了。

早上小組長帶我們到草地上和大家集合。我一到草地，就看到我們班的班長程友莘，和其他女生都在女生那邊一起集合。去年我和她一起創造的「**地球日**」被學校採用，成為獻給五十年後人類的禮物。學校舉行了一個園遊會，讓全校同學和爸媽們一起為學校募款，還在園遊會上教導大家如何做環保。雖然程友莘沒有親口跟我說，但是我用腳趾甲想也知道她一定很**崇拜**我。要是她看到我可以十分鐘內就把電玩《忍者刺蝟》破關，又被這個夏令營選為最佳小隊長，一定會更加崇拜我。我和何李羅跟她打了招呼，她笑著問我們這一隊有沒有想好要演什麼話劇？她們抽到的特質是「勇敢」，也已經想好要演花木蘭的故事，還跟我們說了劇情。真是奇怪，代父從軍為什麼算是偉人呢？那應該是不誠實的行為吧？

金魚老師宣布了今天的活動，要玩游泳接力賽。我一聽到要游泳，臉就發綠了。想到我必須憋住氣才不會喝到別人在游泳池裡偷尿的尿，真是辛苦。大家一換好泳衣，金魚老師就警告大家，絕對不可以在游泳池裡面偷尿尿，因為他們有方法知道是誰在偷尿尿。我旁邊的眼鏡俠立刻跟我們說，他聽說這裡的游泳池放了一種藥水，只要一有人尿尿，那個人的附近就會有黃色的東西出現在水面上。我聽了就放心許多，這種偷偷在游泳池尿尿的人，實在是應該要抓出來才對。

金魚老師哨子一吹，大家就開始拚命的游。我負責倒數第二棒，所以在游泳池旁跟著隊友們一起大喊「加油！」

輪到我上場的時候，我馬上跳到水裡，拚命的游。因為知道應該不會有人在水裡尿尿，所以我很大膽的換氣。快游到終點時，我的耳朵卻聽到「哇」的一聲。抵達終點時，還發現我的周圍怎麼有一些黃色的東西飄來飄去？其他人也一直往我這裡看——啊，原來我忘了把我的蛋交給小組長，所以蛋破在我的泳褲裡了！

我一直想跟大家解釋，但現在已經是最後一棒，根本沒有人想聽我說話。這時方粒粒竟然遙遙領先，我們拿下了第一名。雖然大家都在歡呼，但這下誤會可大了。他們一定以為我在游泳池裡尿尿。我一直很想跟大家說明，甚至很想跑到金魚老師旁邊用他的麥克風澄清：

可是大家都在大聲歡呼，根本沒有人想聽我說話。就連何李羅都勸我忍耐一下，因為現在講也沒有人會聽。眼看方粒粒拿著我們這一隊的獎牌，大家一直在恭喜他。我又不是主角了，不但不是主角，還要背上在游泳池裡偷尿尿的罪名，真是倒楣。

晚上睡覺前，小組長要我們決定要不要把今天的吸管送給今天的隊長毛小瓜。我看沒有人要給他，就把我的吸管放在他手上。說老實話，我也不知道什麼叫做好的隊長，我只是想，如果他沒拿到吸管一定會大哭，所以為了大家晚上的睡眠品質，我看我還是拿給他好了。

8 月 8 日 星期 四

五十年後的丁小飛：

今天一大早，小組長就催我們大家到草地集合。我一到草地，發現爸媽帶著小妹，笑著站在草地上等我。原來今天是八月八日父親節，夏令營邀請所有的父母來看我們，也順便舉辦「**爸爸節活動**」。我看了一下四周，**不是我在說**，我一瞄就知道誰是誰的父母。

當大家一起坐在草地上吃早餐，我才發現阿達沒有來。阿達後來決定參加一個綠色樹林夏令營，因為他很喜歡爬蟲類動物。據說這個夏令營是專門帶學生到大自然，用照相的方式介紹各種爬蟲類。媽說阿達打算用這個當作他的暑假作業，不過我想以阿達對待小便的方式，當他到了森林裡，所有的蟲子應該都會決定搬家。

吃完三明治後，金魚老師說既然今天家長都來了，我們也要跟父母一起玩遊戲。我跟爸媽說，我這幾天有點不太高興，他們還以為我跟別的隊友吵架了。我跟他們說我剛開始以為所謂的玩遊戲是可以住在豪華別墅裡，每個人都有一臺電動玩具，平常還有管家和傭人來伺候我們。

結果完全不是這麼一回事！爸媽笑著說，我應該感到很高興，因為從團體活動才能學到更多團隊精神。接下來就開始今天的爸爸節活動。首先我們要和爸爸一人伸出一隻手，一起將一條繩子綁成一個蝴蝶結。哪一隊先綁完五個蝴蝶結，就可以拿到今天的獎品。

其實方法就跟前幾天玩的信任遊戲一樣，所以我跟爸說，我們當中只要有一個人用說話來指揮，看誰先把繩子往哪裡繞，就會比較容易。當我和爸把五個蝴蝶結都綁好時，大部分的人也都已經綁好了，只剩下一隊。他們兩個人的手都動不了，因為兩個人的手都被綁起來了！

大家都在笑，金魚老師只好請人幫他們解開繩子。接下來是第二項活動，而且是我萬萬沒想到的遊戲——跟爸一起玩電玩跳舞機！我真的覺得這個活動是為了所有女生而舉辦的，應該去跳的是媽和小妹。但媽卻一直堅持要我和爸兩個上臺表演，我也只好硬著頭皮跟爸一起排隊準備上臺。上臺前，我一直很擔心一件事——爸其實沒有跳舞細胞。我記得我二年級的時候，學校舉辦了親子健康舞活動，媽就幫我和爸報名，說我們父子應該要有共同的活動。但到了那一天，我非常慎重的考慮搬去跟鴕鳥一起住：

看著現在在臺上的錢良勇，他和他爸爸兩個人的動作非常一致，好像非常熟悉這個舞蹈。他們跳了好久，破了好幾關以後，金魚老師拿著麥克風訪問他們。他爸爸說他們每天晚上固定有親子時間，會一起玩遊戲機，所以對這個遊戲非常熟悉。

雖然還沒輪到我們上臺，但我已經滿頭大汗，還用餐巾紙來蒙住我的臉，希望不要有人認出我。其實我更希望此時此刻跳舞機突然壞掉，但很不幸的，金魚老師已經唸了我的名字。看來就算蒙住臉，大家還是會知道我是誰。

臺上的電視螢幕慢慢顯示「三、二、一」的倒數數字，我們就開始跟著電玩裡的舞步跳。五十年後的丁小飛，你一定不敢相信，我們跳不到一分鐘，爸就踩錯腳出局了。下臺後，媽笑著安慰我說，每個人的優點都不一樣，所以也沒關係，只要盡力就好了。說真的，我其實還覺得好險呢！想想如果我們在臺上待更久，還真不能保證爸會出現什麼奇怪的舞姿！

可是，當我看到臺上的錢良勇拿著獎杯，卻突然沮喪了起來。雖然我們這一隊會因為錢良勇得了獎杯而加分，但主角又是錢良勇，而不是身為世界未來偉人的我。看來明天開始我得好好加油，不然這個未來領袖夏令營就真的是白來了！

8 月 9 日 星期 五

五十年後的丁小飛：

今天早上我一起床就全身痠痛。

不用想也知道，一定是昨天跟爸上臺玩跳舞機的結果。但不識相的何李羅卻說：

五十年後的丁小飛，請你忘掉我之前提醒你要給何李羅一個特寫鏡頭的事。

小組長說，今天要做的活動很多，而且從現在開始，我們要進行一個發掘自我的活動。也就是說，我們要藉著遊戲來發現自己在團體生活的角色是什麼。首先，我們要到草地，跟其他組一起玩幾個遊戲。我們跟著小組長走，半路上竟然碰到了班長程友莘呢！

她說她們每天晚上都在練習話劇，但因為每隊只有六個人，而她們的劇情需要七個角色，不知道該怎麼辦才好。身為未來偉人的我當然得幫這個忙，所以我趕緊跟她說我非常樂意幫她們演出這齣戲。她聽了之後非常高興，馬上問我今天晚上可不可以到她們的小木屋一起排演？我當然說沒問題！

不是我在說，我們抽到的題目「忍耐」真是太難了。有這個特質的偉人真的不多，我最多也只有想到灰姑娘，因為她忍了她的繼母和姊姊很久，真是慘。但我提出來之後，大家都說既然我想要當主角，就由我來演灰姑娘。

聽了以後，我又開始反對演這齣戲了。

走到草地，看到草地上有好多用繩子圍出來的圈圈，距離我們越遠的圈圈就越小。

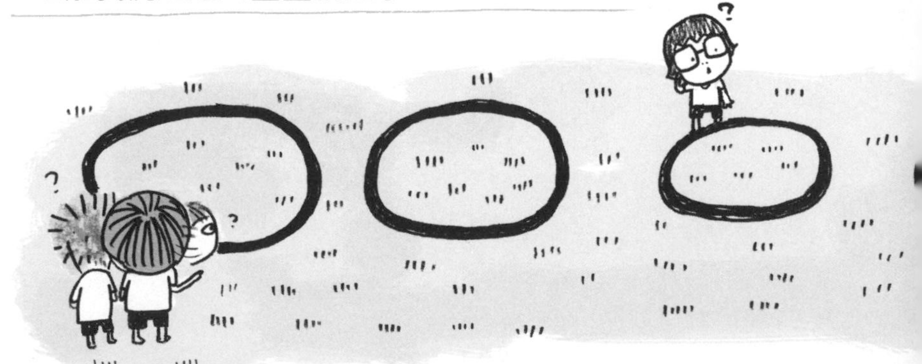

金魚老師開始跟我們講解今天的遊戲。他要我們這隊的所有人都走進第一個大圈圈裡，我們照著做。等到大家都進了圈圈，金魚老師又要我們走到旁邊小一點的圈圈，但因為圈圈比較小，所以變得很擁擠。

到了第三個更小的圈圈，我們已經無法全部站在裡面。這時我才知道，這個遊戲的玩法是要想辦法讓所有隊員都站在圈圈裡。錢良勇要我們一起討論該如何讓大家都站進去，何李羅說現在只能選一個人來背另一個人，才有可能全部擠進去。我們隊的毛小瓜身材最矮小，方粒粒最壯，所以就決定由方粒粒來背毛小瓜。其他的隊也差不多是用同一個方法。接下來我們到了下一個更小的圈圈，這一次錢良勇就自願背起何李羅。

到了最後一個圈圈，也是最小的一個。我們看了一下，最多只容得下兩個人站在圈圈裡！何李羅靈機一動，建議方粒粒和錢良勇站在中間，其他人都往他們身上爬。**不是我在說**，我們實在太重了，我看到方粒粒和錢良勇兩個人的臉紅通通的，身體也在發抖，真的有點慘。

我覺得他們實在太可憐了，但眼鏡俠卻一直勸大家忍一忍。最後，我忍不住從錢良勇的背上跳下來，提議大家乾脆輪流吧！反正規定是要我們待在圈內一分鐘，也不可以踩到繩子，但並沒有說不可以動。頓時我看到方粒粒和錢良勇的表情，彷彿我救了他們一命，眼睛變成像是程友萃最愛看的漫畫女主角的眼睛，裡面有星星、月亮和太陽。

其他隊伍看到我們的方法也跟著學，雖然眼鏡俠一直唸說他們不應該學我們，但身為未來偉人的我，又是以後拯救地球的英雄，我想出來的偉大辦法如果能夠讓大家都不要這麼累，那也是我的任務啊！這種偉大的事情，眼鏡俠是不會了解的。最後金魚老師宣布比賽結果，所有隊伍都過關了！

接下來，我們看到草地上的另一邊有好多呼拉圈，我還以為是要看誰可以搖最久。如果真的是這樣，那我應該叫媽來參加。她為了減肥，有時候連講電話都可以一直搖呼拉圈，連搖三十分鐘都不會掉下來，甚至還會換成用手搖。如果她來的話，我們這隊絕對是贏定了。

結果我們並不是要比賽搖呼拉圈，而是要跟其他三組一起比賽。草地中間有一個呼拉圈，裡面共有二十一顆網球，旁邊則有四個呼拉圈，這四個呼拉圈分邊屬於每一隊。遊戲的規則是，哪一隊把最多網球裝入自己隊裡的呼拉圈，就獲勝。

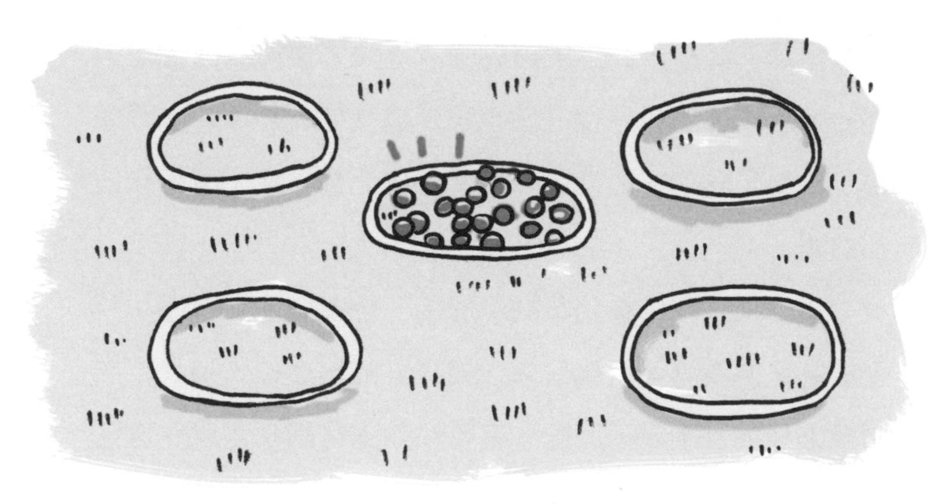

至於如何拿到球呢？我們可以用任何的方法。可以談判，可以猜拳，可以辯論，但不可以打架，也不可以有不禮貌的行為。規則講完後，各隊開始進行討論。錢良勇先站到我們隊伍的中間，分析現在的狀況。他說既然球有二十一顆，就表示每隊平均可以拿到五顆球。但剩下一顆球就是我們必須要爭取的，才能獲得勝利。大家點點頭。他接著問我們有什麼想法？何李羅說：「各位各位，我們可以舉辦一場競賽來挑戰其他的隊伍。」他看著方粒粒說，我們可以建議其他隊伍比賽短跑，或者是跳高，贏的人就可以拿到多的這顆球。既然我們有方粒粒，應該很有機會獲勝。大家點點頭都覺得這個方法不錯。但是眼鏡俠立刻舉手說：「請看一下隔壁這隊，他們有一個長得特別高大的男生，他比我們高了將近兩個頭！如果比賽體育項目，我們不一定會贏。」

我們轉頭看向隔壁的那個男生，果然很高大。錢良勇說何李羅的提議很好，我們可以繼續朝這個方向想，甚至可以先派一個人去跟其他隊談一談，搞不好可以討論出一個大家都同意的方法。我們一致贊成，然後一起看向眼鏡俠。錢良勇說眼鏡俠好像很會說服人，派他去應該是最適合的。

我們遠遠看著眼鏡俠，一隊一隊的去協商。回來以後，他很有自信的跟我們說，其他隊的想法也差不多，一樣覺得用競賽的方式最好。但每隊的優勢都不同，所以結論就是：每隊都負責設計一局遊戲來比賽，哪一隊贏得最多局，多出來的那一顆球就屬於哪一隊。我們這隊決定要玩「記憶好好玩」。我們想應該不會有人的記憶力比毛小瓜還要好，所以全數通過。這個遊戲的玩法是其他隊出題唸一連串不相關的物品名稱，而挑戰隊的每個人都必須全部背下來並重複念一遍，但不可以寫下來。

說真的，我只記得前面兩個是球鞋和蚊子，其他的根本不打算去記。但我看到毛小瓜的表情非常認真，應該是在努力記吧！其他隊伍唸完題目後，毛小瓜也照著唸，而且還唸得很快。

球鞋、蚊子、耳機、電風扇、
媽媽的耳環、黑板、憤怒鳥、
網球拍、小籠包、字典。

真是太厲害了！大家都在拍手，毛小瓜也很不好意思的走回隊伍。

我們這一隊也出了題，讓其他隊來記。不過通常大家到了第六項就不記得了。

這一局我們當然大勝，但其他局就表現得不怎麼樣了。比腕力的時候，方粒粒輸給了隔壁隊那個很高大的男生。

接下來的英文比賽，何李羅表現得很好。原本我們跟另一隊是平手，可是輪到我時，我又出了糗。

最後一局要玩比手畫腳。**不是我在說**，我們這隊實在太沒有默契了；其他隊最起碼都猜對十題，我們卻只有三題。

因為每一隊的強項都不同，所以搞了半天，每隊都有一次勝利——也就是說，大家都平手。這可怎麼辦？各隊再次集合，共同討論該如何分配剩餘的那一顆球，有些人說乾脆猜拳，也有人說要抽籤。錢良勇說雖然猜拳或抽籤最簡單，但卻不是靠自己的能力獲得，所以他並不想答應。但如果我們大家都覺得這是一個好方法，那他也會支持我們。

這時，我突然有個想法，如果可以做到**讓大家都勝利，沒有人輸**，說不定大家就會答應！我把我的想法說給隊友聽，也把我想到的辦法說出來，大家都很驚訝。眼鏡俠說，其他隊伍不一定會同意，畢竟這是一個比賽，大家一定都想擊敗別人來贏得勝利。我跟大家說，我們得想個辦法說服大家，與其讓自己的隊伍有機會輸，還不如讓大家都確定自己一定是贏的！

大家沉思幾秒鐘後，錢良勇說他決定採用我的建議，派眼鏡俠去跟其他隊討論。何李羅說他也覺得這個提議很好，毛小瓜也拍拍我的肩膀，說這個方法比大家一直比賽好太多了。

眼鏡俠回來後很高興的跟我們宣布：

於是所有人採用了我提出的方法：把所有的呼拉圈都疊在中間那個呼拉圈上面。也就是說，現在我們這四隊，每隊都有二十一顆球。

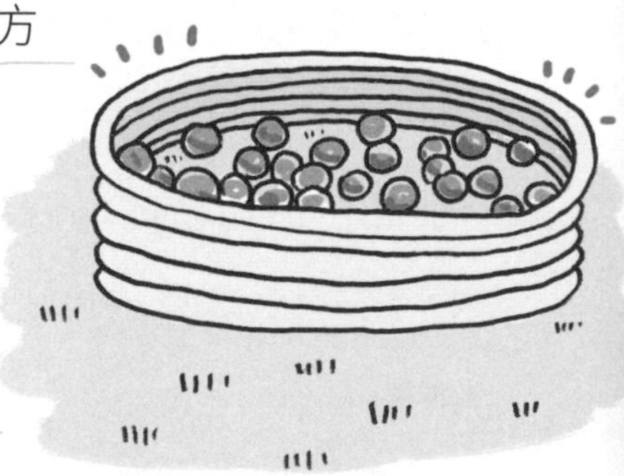

我們的小組長看到遊戲結果，也很高興的稱讚我們。他說如果以後我們都可以想辦法用**雙贏**的方式面對所有的競爭，世界就會更加和平。五十年後的丁小飛，看來我又離統治宇宙更加接近了！

8月10日 星期六

五十年後的丁小飛：

不知道你今天跟外星人開會開得怎麼樣了？有沒有叫他們要好好管理別的星球，不要再來打擾地球呢？

五十年前的我今天也在開會，只不過跟我開會的人都是地球人。錢良勇還是像我們的領隊一樣，帶領大家一起討論。雖然我知道如果要贏過錢良勇成為最佳小隊長，就必須擺出領袖的樣子，但沒辦法，我相信我的感覺跟你現在開會的感覺應該是差不多的，就是都**聽不懂**。

我只記得大家看到名單上的總積分，就開始緊張了起來，因為我們的分數跟某些隊伍很接近。錢良勇一看到名單，就要大家開個會討論一下。他提醒我們要好好守住剩下的蛋，目前看來其他隊伍的蛋幾乎都破掉了，只剩下我們這隊和另一隊都還有四顆蛋。我完全忘了蛋這件事。說真的，我還挺開心我的蛋早就破掉了，不然就得和其他人一樣，玩遊戲的時候都要很小心，真是太辛苦了！

昨天晚上我到程友莘她們那一隊的小木屋，跟她們一起排演「花木蘭」。本來以為他們會要我演皇帝或是將軍，可是想不到她們竟然要我演**一隻馬**！算了，看在程友莘的份上，只好犧牲一下。好在我的眼睛有蓋著馬的眼罩，起碼不會被認出來。

明天是夏令營的最後一天，也是話劇的公演了，我們這一隊到現在都還沒想好到底要演什麼。我們已經說好今天晚上回到小木屋後，大家要好好腦力激盪和排演，反正最差的情況就是演灰姑娘，只不過最好是演一個戴眼罩的灰姑娘，這樣就不會有人知道是我了。

今天的團體遊戲很特別，叫做「奪旗」。我們要跟另一隊比賽，看誰能奪到對方的旗子。首先，我們要先到森林裡找一棵樹當作基地，然後把旗子掛在樹上。另一隊也是一樣的。至於如何搶到對方的旗子，就要看我們的布局。當我們去搶對方旗子時，對方的人可以拍我們的背，然後說「抓到」，被拍到的人就要被關進監牢。如果自己隊裡的人被抓，我們可以派人去救他，只要再碰一次被抓的人，然後大聲說「救」，這個人就可以從牢裡出來，回到自己的隊伍。

我們全隊一起走到森林，找了一棵長得很高很怪的樹，把我們的旗子掛在樹枝上。這棵樹的中間還有一條很細很窄的縫隙，錢良勇說太好了，這樣我們可以把抓到的犯人放在樹的後面，還可以從這個縫隙監視他們。我們從基地遠遠聽到森林的另一頭也有說話聲，看來對方也在掛旗子吧！遊戲開始之前，何李羅建議我們分成兩組，一組負責攻擊和搶旗子，另一組留下來保護旗子和看管犯人，我們都覺得這個方法很好。我馬上舉手自願留下來當看守的人。拜託，我可不糊塗，跑到對方基地這麼辛苦的事情，並不適合我。除了我以外，毛小瓜也被分到看守。錢良勇說兩個人看守就足夠，所以其他人都被分到攻擊組。我看著錢良勇站在前面，口沫橫飛的跟攻擊組討論作戰方式，就用手肘碰碰毛小瓜說：

遊戲一開始，大家都沒什麼動靜，只看到對方有一兩個人走過來。他們大概選擇了調虎離山之計，想調開一些我們的人，好來搶旗子；但好在我們沒有被騙，而且方粒

粒還很順利的碰到其中一個人的背，大聲的說：

接著，我們把他關進了牢裡，也就是樹後面畫好的框框裡。

後來一直有人想要來救他，但都被我們的防守給制止。當然，我們隊的方粒粒也有被他們抓到，有時甚至同時有兩個人被抓走，但後來都被錢良勇和眼鏡俠用聲東擊西之計救了出來。這個遊戲就一直這樣，有時候有四個人被關到我們樹後的監牢中，有時候我們的人會突然都不見，只剩下我和毛小瓜戰戰兢兢的守著。

到了將近黃昏的時候，森林裡突然變得好安靜，我們後面的監牢也只剩下一個人。我們三個人都很納悶，大家跑到哪裡去了？毛小瓜自願到對手的大樹前去探個究竟。他離開後，就只剩下我和後面的犯人。突然後面的犯人跟我說，他找到一顆我們隊伍的蛋。

我往樹的縫隙裡看，發現他真的拿了一顆蛋，而且是顆畫得很醜的蛋。一定是方粒粒在跑到對方的樹之前，把蛋放到草地上，滾到後面去了。我從縫隙中間伸手去拿，才發現原來縫隙這麼小，我的手還得先直立著才進得去。犯人把蛋拿給我後，我又發現了一件事 —— 因為縫隙太小，所以我拿著蛋的手收不回來了！

如果手要收回來，蛋就會被擠破，我只好請拿蛋給我的犯人再收回去。我正要叫他的時候，卻發現他不見了！我一回頭，看到對方已經有人來把他救走了。不但如此，他們還正在爬樹，想把我們的旗子拿走。我只好拚命大叫，希望有人能趕快來救我，但都沒有人回應。我一直在想，是否應該把蛋放掉，救回我們的旗子？但後來想想，旗子如果被偷走，還有機會再搶回來；可是蛋如果破了，就完全救不回來。所以我只好繼續拿著蛋，眼睜睜看著對手拿走旗子。

也不知道過了多久，我的手仍然卡在縫隙中。天色越來越暗，手已經開始發抖了，但為了不讓蛋掉下來，只好

一直忍著。終於，我聽到有人來了！我們隊的人看到我的姿勢，都覺得很奇怪，後來他們才知道發生了什麼事。何李羅把蛋從樹的另一頭拿走，我才看到大家滿頭是汗，錢良勇肩膀上還扛著一根對方的旗子，看來我們也拿到他們的旗子了。大家一直很興奮的跟我說奪旗的經過，方粒粒甚至還演給我看。

不知不覺，抬頭一看，天已經暗了。不只是暗，連月亮都出現在半空中。我們開始往回走，邊走邊聊。走了好久，始終沒有看到集合的地方，我們好像迷路了。我在四

處晃了一下，到處都是高大的樹，沒有一點光，連一丁點聲音都聽不到；一片安靜中，隱約會有狗或狼叫聲。毛小瓜開始全身發抖，躲到我背後。

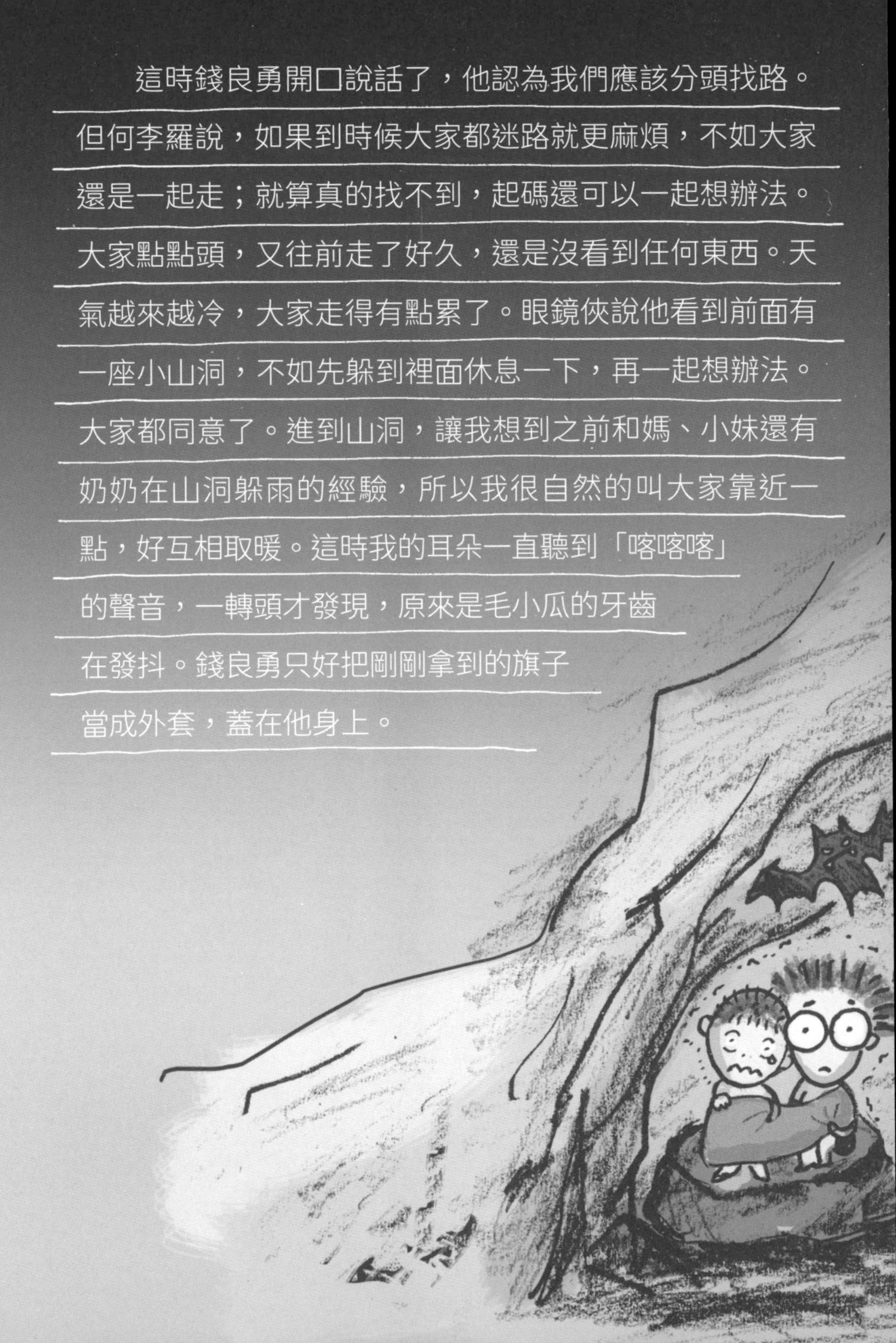

　　這時錢良勇開口說話了，他認為我們應該分頭找路。但何李羅說，如果到時候大家都迷路就更麻煩，不如大家還是一起走；就算真的找不到，起碼還可以一起想辦法。大家點點頭，又往前走了好久，還是沒看到任何東西。天氣越來越冷，大家走得有點累了。眼鏡俠說他看到前面有一座小山洞，不如先躲到裡面休息一下，再一起想辦法。大家都同意了。進到山洞，讓我想到之前和媽、小妹還有奶奶在山洞躲雨的經驗，所以我很自然的叫大家靠近一點，好互相取暖。這時我的耳朵一直聽到「喀喀喀」的聲音，一轉頭才發現，原來是毛小瓜的牙齒在發抖。錢良勇只好把剛剛拿到的旗子當成外套，蓋在他身上。

等了好久好久以後……有多久呢？就好像上次下大雨

躲在山洞裡那麼久。我看到方粒粒和錢良勇一直在抓癢，八成是因為洞裡有好多蟲；何李羅則和毛小瓜一起發抖並合蓋那條旗子；眼鏡俠一直在唸，說什麼時候才會有人來找我們。我突然想到媽講的話：

身為未來偉人的我決定跳出來宣布：

其他人也都同意，我們就開始討論了起來。其實當我們開始討論以後，大家就不再抱怨，也變得沒那麼冷，小蟲好像也沒再來咬我們了。大家你一句我一句的，決定採用我提議的故事，並且開始分配角色。因為我們不知道什麼時候會回到小木屋，也沒有紙和筆做紀錄，只好請毛小瓜記好所有臺詞，到時候他在後臺唸，前面演的人只要對嘴就好了。

我們排演了很久，等大家差不多都記住自己的動作和位置時，毛小瓜突然大叫，並且從口袋裡拿出一樣東西：

我們差點就昏倒了。毛小瓜趕緊打了電話給小組長，沒多久就有一群大人帶著手電筒來找我們。小組長很緊張的說，大家一直在找我們，甚至還叫了警察一起找。大家都以為我們還在森林裡，沒想到我們已經走到另一邊的山頭了。我們根本不知道已經走了這麼遠呢！回小木屋的路上，大家都累壞了。小組長背著已經睡著的毛小瓜，我們其他人也都累得說不出話來。

五十年後的丁小飛，這個夏令營真是太辛苦了！我看還是跟外星人開會比較簡單。我真是太羨慕你了！

8 月 11 日 星期 日

五十年後的丁小飛：

今天是夏令營的最後一天。我看到每個人的臉上都有一點捨不得，也都用最慢的速度走到草地集合。不知道五十年後的你，現在想起這個夏令營有什麼感覺？其實五十年前的我是有點高興的，因為終於要結束了。今天我們要選出最佳小隊長，也就是說我很可能又離偉人更近一步，但也有可能會被錢良勇搶走。如果需要經過這麼多辛苦的團體遊戲和話劇比賽來學習偉人特質，那我真的建議世界上所有的夏令營，應該選擇另一個遊戲來讓大家學習，那就是**電玩比賽**！

不是我在說，我真的覺得玩電動比較容易學到東西。

昨晚回到小木屋後，幾乎所有人都沒洗澡刷牙就在自己床上睡著了。雖然我也很累，但我真的沒有辦法不刷牙洗澡就上床睡覺。這就要怪爸了。很小的時候，他曾經跟我說過，晚上睡覺的時候會有一個巫婆出現，專門來檢查不洗澡刷牙的小朋友。如果她發現有沒洗澡刷牙就睡覺的小朋友，會把他的牙齒都拔光，叫小蟲子爬到他身上吃掉灰塵。

自從聽到有巫婆會來做這麼可怕的事，我每天都一定會洗澡刷牙才上床睡覺。可是後來看到阿達有時候沒洗澡刷牙，卻也平安無事。直到有一天，我跟他一起走路上學途中，他回頭跟我和我的同學說了一句話：

我跟我的同學聞到他嘴巴裡的味道，被臭到一整天頭都很痛。回家以後我跟爸講這件事，他說是因為阿達常常不刷牙，所以晚上巫婆已經把她家裡所有的蒜頭都塞到阿達嘴巴裡了。還說我們一定要小心，一定要刷牙，不然就會跟他一樣。

我現在也很想寫封信給這位巫婆，請她把蒜頭全部塞到錢良勇的嘴巴裡，因為他昨天也沒刷牙。這樣一來，大家就不會選他為最佳小隊長了！

我們坐在草地上，開始欣賞今天的話劇表演。第一組抽到的偉人特質是「堅持」，他們演的是發明電燈泡的愛迪生。愛迪生發明燈泡前，一共實驗了一千零一次才成功，所以選他為「堅持」的偉人代表。第二組演的是代表愛心的南丁格爾，她是在歐洲戰爭時，照顧受傷士兵的護士。第三組就是程友莘這組演的花木蘭。我也已經換好我的馬裝和戴上眼罩，想說一定不會有人認出來，但很不幸的，我跑到一半眼罩竟然掉下來了。

我只好趕緊用手把眼罩貼在眼睛上，就這樣一直演到最後。

又經過好幾組的表演以後，該我們這組上場了。我們演的是昨天我在山洞裡提議的「諾亞方舟」，演諾亞的是錢良勇。不要問我為什麼主角不是我，我只不過是建議可以加一段恐龍沒上到船的片段，結果他們就叫我演恐龍，連當主角的機會都沒有。所以有時候真的不要隨便亂給意見比較好。

我們不需要做什麼事，只要張開嘴巴對上毛小瓜在後臺唸的臺詞就可以了。

我們把故事重點放在諾亞待在方舟忍耐了一年多，這段時間裡，他學習到如何管理船上的萬隻動物。因為上岸後，他就要管理陸地上的一切。最後我們特地加了一段由我來講述昨天躲在山洞裡的情形，就好像諾亞在船上一樣，我們利用等待的時間來排演這段話劇。講完後，大家在臺下一直不停的拍手，我終於感覺到自己是主角了呢！

看來，我擊敗錢良勇成為最佳小隊長的希望又升高了！等所有隊伍都表演完畢，金魚老師請各隊回到小木

屋，準備投票選出自己隊裡的最佳小隊長以及團體分享。

不是我在說，我對於「分享」這件事有點害怕，最主要是因為每一次媽要我們做分享的時候，都是我和阿達在玩電動的時候。

回到小木屋，小組長要每個人拿出一張紙，寫出我們覺得這幾天表現得最好的小隊長。其實錢良勇已經拿到最多根吸管，但我們還是需要站到前面口頭告訴大家，為什麼我們會認為他是最佳小隊長。另外，每個人也要寫出其他隊員有什麼特點，而這些特點對這個隊伍有哪些特殊的貢獻。大家很快就把最佳小隊長選出來了。我不用聽也知道一定是錢良勇，這真的要怪那位有很多蒜頭的巫婆：她昨天沒有把蒜頭都塞到錢良勇的嘴裡，我的計謀也就沒有成功。果然，學校的七龍珠老師常說永遠不要靠別人來贏得勝利，絕對是正確的。

首先，每個人都站出來講每位隊員的特徵和優點。第一個發表的是眼鏡俠，他說如果我們是一個國家，錢良勇就是領導者；何李羅是有很多知識的顧問；而方粒粒則是勇敢的勇士；至於毛小瓜的記憶力非常好，要不是他，我們的話劇大概也無法演出。最後丁小飛像是一個和平使者，常常會用最和平的方式解決紛爭。

接下來是方粒粒。他也認為錢良勇是一位傑出的領導者；眼鏡俠是一個很好的談判專家；而丁小飛常常會想出最好的方式，讓雙方都贏得勝利。

每個到前面講的人，都選了錢良勇為最佳小隊長。大家都說他是領導者；有人說他很勇敢，也很聰明；更有人說他每一次都很主動的帶領大家。我原本還指望何李羅會選我做最佳小隊長，好歹我們也算是同班同學，加上我們又常常有互相交流的機會。

但何李羅卻也選了錢良勇！算了，五十年後的丁小飛，看來你現在要好好重新思考你和他之間的友誼。

錢良勇很開心的走到大家面前，謝謝大家對他的信任。接著他也把他心目中的小隊長名字唸出來：

大家都看著我。

頓時我覺得很不好意思，也很驚訝。這時小隊長走出來跟大家說，其實每個人都有一項很獨特的優點，如果整個團隊可以把每個人的優點都應用在比賽中，就是一個完美的團隊了。這時我突然想到爺爺之前跟我說的：

原來爺爺的意思就是這樣！因為他把他最厲害的地方都表現在樂團裡，所以他一點都不介意自己是不是主角。

小組長又說，我們如果把何李羅換到方粒粒的位子，或硬要毛小瓜用眼鏡俠的方式在團隊裡表現，就不一定會有現在這樣的好成績。只要我們每個人都能在團隊裡發揮自己的專長，對團隊有貢獻，每個人都可以是領袖。

大家很開心的把行李收拾好，一起回到草地，等金魚老師宣布話劇比賽的結果。前三名的隊伍分別是：第三名是演愛迪生的團隊，第二名則是程友莘那一隊的花木蘭，第一名……你猜是哪一隊呢？是的，就是我們演的**諾亞方**

舟呢！我們全隊一起到臺前領獎，錢良勇特地握著我的手跟大家說，這齣戲其實是我的想法，臺下的人也一起為我們鼓掌。

五十年後的丁小飛，我相信你現在這麼出名又這麼成功，一定是一位很有成就的偉人。雖然你常常都是這個世界的主角，但偶爾當一下配角也是可以的。你現在一定覺得很奇怪，為什麼我現在突然不介意沒有當上最佳小隊長，也不介意沒有在這個未來領袖營奪得勝利，甚至現在已經不是很介意有沒有當上世界的領袖？

因為……我現在可以非常超級無敵確定，確定到不能再更確定，五十年後的你一定不是世界的領袖，而是：

全宇宙的領袖！

我的圖畫日記！

丁小飛參加了夏令營以後，從團體遊戲慢慢發現其他隊員的特點和專長。我們在日常生活中也一定都能看到別人的特點和專長。試著跟丁小飛一樣，把這些特別的人畫出來吧！

步驟一：

請先寫出三個你最好的朋友的名字，也可以是你的家人喔！

例如：

丁小飛

- 很有夢想，永遠對未來有信心
- 喜歡和平相處
- 喜歡寫日記

何李羅

- 成績好
- 聰明
- 熱心助人，會把功課借別人抄

現在該你了。請寫出你的三位朋友或家人：

名字：

三項特點或專長

1.

2.

3.

名字：

三項特點或專長

1.

2.

3.

名字：

三項特點或專長

1.

2.

3.

現在寫下你自己的名字和特點：

名字：

三項特點或專長

1.

2.

3.

步驟二：

現在，試著用漫畫方式呈現你的朋友或家人。可以利用你寫下來的三項特點把他們畫出來。

例如：

丁小飛：喜歡寫日記

何李羅：聰明

你的朋友 1

你的朋友 2

你的朋友3

自己

畫完後，可以跟好朋友交換看看，自己畫自己的特點跟好朋友畫的你有什麼不一樣？你有沒有發現自己的什麼特點，是自己以前沒注意到的？把它寫下來。

1. ____________________

2. ____________________

3. ____________________

4. ____________________

讓我們一起善用自己的特點，在團體裡發揮自己的特色。同時，也要鼓勵其他朋友發揮他們的專長，才能讓團體的表現更加出色喔！

丁小飛校園日記2
誰是最佳小隊長？

作者｜郭瀞婷
繪者｜水腦

責任編輯｜許嘉諾、李寧紘
美術設計｜林家蓁
封面設計｜Bianco Tsai

天下雜誌群創辦人｜殷允芃
董事長兼執行長｜何琦瑜
媒體暨產品事業群
總經理｜游玉雪
副總經理｜林彥傑
總編輯｜林欣靜
行銷總監｜林育菁
主編｜李幼婷
版權主任｜何晨瑋、黃微真

出版者｜親子天下股份有限公司
地址｜台北市104建國北路一段96號4樓
電話｜（02）2509-2800　傳真｜（02）2509-2462
網址｜www.parenting.com.tw
讀者服務專線｜（02）2662-0332　週一～週五：09:00~17:30
傳真｜（02）2662-6048　客服信箱｜parenting@cw.com.tw
法律顧問｜台英國際商務法律事務所・羅明通律師
製版印刷｜中原造像股份有限公司
總經銷｜大和圖書有限公司　電話：（02）8990-2588

出版日期｜2013年 7 月第一版第一次印行
　　　　　2023年12月第三版第一次印行
定價｜320元
書號｜BKKC0058P
ISBN｜978-626-305-611-4（平裝）

訂購服務
親子天下 Shopping｜shopping.parenting.com.tw
海外 ・ 大量訂購｜parenting@cw.com.tw
書香花園｜台北市建國北路二段6巷11號　電話（02）2506-1635
劃撥帳號｜50331356　親子天下股份有限公司

國家圖書館出版品預行編目資料

丁小飛校園日記. 2, 誰是最佳小隊長?/郭瀞婷文.原畫；水腦圖. -- 第三版. -- 臺北市：親子天下股份有限公司, 2023.12
160面；14.8*21公分
ISBN 978-626-305-611-4(平裝)
863.596　112016768